그대가 꽃길이라 내가 꽃인 거예요

03작가 김서희

FOREST
WHALE

그대가 꽃길이라
내가 꽃인 거예요

03작가 김서희

FOREST
WHALE

시인의 말

날 알아주기보다
내 글을 사랑해주는 사람
첫 시작부터 지금까지
날 지켜봐 준 사람

오늘도 덕분에 씁니다
제 삶을,
당신의 삶에 더하여.

_ 03작가

목차

1_
감정도 옮는다, 감기처럼.

2_
그냥 가끔은, 많이 투명해지자.

3_
없어지지만 않으면, 되잖아.

1_

감정도 옮는다,
감기처럼.

행복했던
순간

인생에서 순간은 언제나처럼 짧았다

짙은 속눈썹을 달고 깜빡이는 눈처럼
몇 초에 한 번씩 바뀌는 신호등처럼
가을만 되면 죽음을 선언하는 은행잎처럼

모든 게 바뀌고 늙어갈 동안
우리는 그대로이기로 했다
사랑했던 순간에 정지 버튼을 눌러두기로 했다

그리고 웃기로 했다
인생에서 가장 좋은 영화를
함께 보고 나온 사람들처럼

첫
사랑

한 사람이 있었다
첫눈처럼 맑고 깨끗한데 녹지 않는.

날리는 눈발에도
혼자 솜털 같은 얼굴이 일그러져 미소가 얼었던.

매일 그리고 생각하고자 하면
그제야 사라져 더 내리지 않던 첫눈.

나는 가끔 당신의 옷차림을 생각해요
당신은 생각하면 안 될까 봐.

흐지
부지

바람이 미지근해진 건지 내가 차가움에
무뎌진 것인지는 모른다

입춘이 지났지만 봄이라 쉽사리
말하지 못하는 사람 중
한 명이 나일지도 모른다

아무리 센 바람도 온도가 애매해서
큰 타격을 주지 못함에
쇠약함을 느꼈을지도 모른다

어딘가 아련한 떨림이 하늘에도 전해졌는지
며칠 동안 낮은 맑지도 흐리지도 않음을
유지했을지도 모른다

나는 모른다

요즘 날씨에 대해서도
너에 대해서도
너에 대한 나의 감정에 대해서도

아마, 평생.

봄

봄에 걸리면 사람들은 왜 밖을 나올까

모두 마법에 걸린 것처럼
왜 둘씩 짝지어 다니는 걸까

나무들은 왜 매년 분홍색으로 머리를 탈색하고
머리카락을 길거리에 털어대는 걸까

햇빛과 바람이 싸우면
왜 아침에는 바람이 이기고
점심에는 햇빛이 이기는 걸까

민들레 씨는 왜 사람들의 콧속을 놀려대며
살랑살랑 날아다니는 걸까

모든 게 약 올라
죽겠다

눈물의
사별

죽음에 기억은 함께 묻히지 말기를
사랑했던 시간이 헛되지 않기를
그 사람의 목소리가 들렸을 때
아,
나는 지금 살아있는 중이구나
느끼기를
매년 내가 그 사람을 처음 만난 곳이
무너지지 않고 잘 버텨주기를
마침내 내 뺨에서 눈물이 흐를 때
나 그 사람을 아직 기억함을
그 사람이 알아주기를
꼭 모은 내 두 손의 체온이

그 사람의 심장에 가닿았을 때
가장 가슴 뛰었던 우리 그때를
떠올려주기를 빕니다

소원이 많아도 어쩔 수 없습니다
당신이 없어서

이 계절에 이곳에 이 두 손을 가진 내가
당신을 생각하며 투명한 꼭짓점을 찍습니다

뚝 뚝 뚝 뚝.

평생

너의 계절은 항상 눈부셨고
나는 너를 따랐다

우리는 매년
나이가 아닌 꽃을 먹었다

그리고
서로의 얼굴에 새어 나온

비스듬한 세월을
손으로 닦아주었다

새벽
비

나는 빗방울을 만지다 소스라치게 놀랐다

잠에서 깨어 온몸을 번개처럼 떨었고
눈가에서 빗방울 새는 소리가 들렸다

어제 듣던 플레이리스트는
아직도 빗속을 헤매고

내 머리카락 사이사이에는
밤사이 비가 그치고 난 후

촉촉한 무지개가 가닥가닥 엉켜있었다.

거리 두기

너의 눈동자 날씨는 항상 흐림이었다

강수량은 소나기처럼 일정하지 않았고
우리가 힘들어질수록 뿌옇게 져버리던 네 마음

난 아직 구름의 색깔도
우산의 무게도 모르는데

이곳에 날 두고 혼자 가버릴까 봐
나는 맞다고 생각했던 우리의 사랑이 아닐까 봐
멀리서 너를 볼 수밖에 없었다

전혀 꿈꾸지 않던 먹구름이란 장래 희망을
내가 가져버려서
또 네게 비를 내리게 할까 봐

사랑
스러움

우린 늘 같은 꽃을 보면서 같은 생각을 했다
꽃이 여름을 불러왔다고

너와 내가 사랑하는 그곳에서
풀잎을 벗 삼은 너
빗방울과 숨바꼭질을 일삼은 너

태양 빛을 그대로 닮아가는 모습이
어떤 무더운 날보다도 뜨겁게
너를 사랑하게 했다

나란히

너와 나 사이의 크고 작은 다툼은
언제나 일어나기 마련이다

그러다 너는 꽃을 피우고
나는 잎을 달다 보면 어느새 우리는

같은 흙에서 같은 양분을 먹고 자라는
하나가 된다.

이름 없는
파일

출처가 불분명한 바람을 계속해서 맞듯이
난 무한히 복사되어 이름 없이도 너에게 갈 거야

이름 없는 내게 1, 2, 3, 4....
이렇게 숫자를 매겨줘
너의 하루하루에 최선을 다해 저장될 게

네가 전원을 끈대도 난 바탕화면에서
기다릴 거야
네 생각에 내가 지나간 인연이래도
휴지통에만큼은 버리지 않는다면
나는 행복할 거야

정말,
정말로.

나 오는 날

그대가 겨울이라고 말했어요
눈인 내 앞에서

그대의 주변이 휑해요
앙상하고 쌀쌀맞은 것들만 그대 곁을 지켜요
그댄 참 좋은 사람인데, 그걸 모르고

매일은 아니지만 그런 그대를 찾아가요
기대에 찬 두 뺨이 둥글게 얼어요
나는 눈이라 그대에게 특별해 보일지도 몰라서

내가 가는 날만은 바람 불지 않게 해주세요
다음번에 다시 오기엔
내 마음을 얼마나 더 하얗게 씻어야 할지 몰라서

너무 오래 걸리면 그대가 또 기다려야 하잖아요
그건 내가 싫어서

눈

오늘 아침부터 너를 생각했다가
오후에 네가 내리길래 더 많이 너를 생각했다

넌 나를 아이처럼 마냥 웃게 하고
내게 그칠 줄 모르는 떨림을 주기에
이 차가운 바람에도 굳건하고 하얀 거겠지

쌓여가는 시간 동안 난
널 얼마나 오래 쳐다봤을까

깜빡이는 속눈썹엔 네가 녹으며 걸어 다니고
언 미소 지닌 두 뺨엔 노을이 일렁이는 걸 보면
잠깐은 아니었겠지

그래,
지금 난 널 아주 많이 사랑하고 있을지도.

악몽

우리는 겨우 눈물을 닦고 일어납니다
어젯밤 꿈이 짓궂게도 참 악몽이었지요
저도 그랬답니다
근데 있잖아요
어젯밤 꿈을 잊은 듯이
그럼에도
당신과 함께여야 행복할 것 같다고 생각합니다

당신이 없으면 이런 악몽도 못 꿀 것 같아서
당신이란 존재가 있었다는 것조차도
몰랐을 것 같아서

관찰

그냥 걸었다

어쩌면 너는 그 길거리의 나무들과
더 친할지도 모른다

그날그날 발걸음은 네 기분을 알게 했다

기분이 좋은 날, 너는 달렸고
기분이 울적한 날, 너는 평소보다 느리게 걸었다
그리고 날씨가 좋은 날, 특히 얼굴에 꽃이 폈다

난 그런 널 사진에 담아 '추억'이라 불렀다

웃음
거리

날씨가 좋아서
세상의 모든 꽃이 웃는 날

나는 네가 좋아서
세상의 모든 웃음을 다 짓고 있다

하필
이면

하필이면 난 너를 그곳에서 마주쳤고

하필이면 그날의 날씨는 맑았고

하필이면 햇살이 우리 둘의 스포트라이트가 됐다

하필이면 난 그냥 지나치지 못해 뒤돌아봤고

하필이면 넌 아련한 눈으로 내 눈을 녹였다

하필이면 가게 문은 닫혔고 햇살도 끊겼다

하필이면 버스가 빨리 왔고 난 그 버스를 탔다

하필이면 네가 가게에서 나오는 걸
창문으로 봐버렸고

하필이면 너와 눈이 마주치는 바람에
버스가 섰다

하필이면 너는 버스를 타 내 옆자리에 앉았고

하필이면 난 이어폰을 두고 와
노래를 듣지 못했다

하필이면 자꾸 신호가 걸려 버스는 느리게 갔고

하필이면 난 내 못생긴 옆얼굴만
네게 계속 보였다
하필이면 넌 옆에서 웃어댔고
난 옆을 보지 못했다

하필이면 난 손바닥을 보인 채 앉아있었고
땀이 난 게 다 보였다

하필이면 네겐 펜과 종이가 있었고
열심히 무언가를 쓰기 시작했다

하필이면 그게 네 전화번호였고
내 손에 슬며시 얹어주었다

하필이면 난 귀가 빨개진 채 열리지 않는
창문을 힘겹게 열었고

하필이면 넌 버스 벨을 누르고
자리에서 일어섰다

하필이면 난 입이 열리지 않았고
넌 바로 내렸다

하필이면 열린 창문에 종이가 날아갔고
난 안절부절못했다

하필이면 네가 그 모습을 봤고
몹시 실망한 듯 보였다

하필이면 왜 바람이 세게 불었는지 화가 났고 난
후회했다

하필이면 그때 바로 다음 정류장에 벨을 잘못 누
른 사람이
있었고 난 눈치껏 뒷문에 가서 섰다

하필이면 봄바람이 매서웠지만 난 멈추지도 않고
계속 뛰었다

하필이면 아직 버스 정류장엔 전화번호가
적힌 그 종이가 있었고

하필이면 아직 가지 않은 네가 서 있었다

하필이면 넌 나를 보며 활짝 미소 짓고 있었고

하필이면 난 행복했다

하필이면 넌 내게 말을 걸었고

하필이면 난 심장이 크게 떨렸다

하필이면 우리의 거리는 점차 가까워졌고

하필이면 너는 우리의 만남을 권했다

하필이면 난 사랑했다

하필이면 우린 행복했다

하필이면...

나의
소원

당신의 아름다움은
당신만이 알아도 충분하단 걸 알기를 기도합니다

나무가 초록빛을 띄울 동안 모두가 행복해도
그 사이에서 시듦을 배울 줄 알기를 바랍니다

그리고
겨울의 꿈을 품고 눈을 기다리며 웃기를
바람 속 흔들리는 모든 것들과 몸을 흔들기를

이 밖에 모든 나의 소원들은
당신이 행복해지는 날
저절로 사라지기를 기도합니다

사라짐이 고로
내 소원이 이뤄졌다는 증표가 될 테니

주말
아침

따뜻한 시선과 상반된 태도의 낮
유리 한 겹을 사이로 둔 나와 바람은 낮잠을 잔다

켜켜이 쌓인 팬케이크 같은 이불들의 달콤함과
역광으로 비치는 실루엣들의 수묵화
눈동자엔 비를 피해 온 이슬과 그 반짝임
주춤거렸던 모든 것들이 햇살을 관통한다

어젯밤 읽어둔 종이책의 펄럭임이 깃발을 흔들고
끝없는 흰색 바다 같은 침대 위를 항해하는 난
하루의 부름에 응답하지 않고 이렇게 있다

움직임이 없다고 생각했던 것들을 관찰하며
겨울의 길이를 들어 재보며

미술관

너의 입꼬리가 조금 씰룩이다
이내 일직선이 되었을 때
미술관의 그림들이 흔들렸다

나는 한 발 뒤에서 너의 휘어진 허리를
액자 속으로 옮겨 담았다

내 미적 감각의 최대치로 너란 작품을 모방했다
완벽한 걸작이었다

봄의
노래

구름은 기타를 치는 손처럼
햇살을 보여줬다 숨겼다

오후 햇살은 길게 늘어진 기타 줄 같다
한가로운 발가락들의 춤추는 소리

어떤 건
길
게

어떤 건
짧게
튕기며 저마다의 멜로디를 만들어 간다

발바닥이 노란색이더라
도화지에 다섯 번 찍으면 민들레꽃이 되더라

잘못 본 사람들은 푸드덕거리는
나비라면서 거리로 나돌고
악보 없는 연주는 마을 벽화들이 되었다.

신호등 앞

내 앞에 굴러다니는 존재가 무의미한 옆모습들
차들은 엇갈리는 줄도 모르고 서로를 지나친다

시간을 흘려주던 계절은 겨울이 되어
어느새 앙상한 나뭇가지만이 거리를 내돋고

추위를 느낄 줄 아는 사람들의 빠른 걸음 소리와
조용한 입김들이 하얗게 들린다

나는 지금 신호등 앞.

빨래의
타이밍

우리 다음 생에 다시 타이밍을 맞춰봐요
마치 짝을 잃은 양말 한 짝이 한 짝을 기다리듯이
빨래통 속 양말 한 짝이 기약 없는 날을 기다리듯이

그러다 어느 날 세탁기에 돌아가겠지만
널어진 네가 마를 동안 나는 기다리겠지만

지나가는 사람 탓에 땅에 떨어져 사라지는 변수
열린 창문 탓에 바람에 날아가는 변수와 같은.
만약에 일어날 모든 것들까지 없애고 다시 만나요

온전히 서로의 마음에만 집중할 수 있게.

*

이번 생에 당신과 불행했던 게 아니에요.
다만, 더 행복하지 못했던 거죠.

비겁함

어제도
오늘도
너를 사랑하지 않았던 때는 없었는데

날마다 사랑하려니까
왜 자신이 없는 걸까?

이별의
중심

사랑은 밥 먹여주지 않지
아무것도 해주지 않지

그런데 내가 준 마음을 다시 가져와야 한다는 게
보이지도 않는 마음을 갖고 아파해야 한다는 게

그게 참 한심한 건데 어쩔 수 없는 거라서

그래서 거대한 거더라
사랑은.

바닷가의 연인

머리카락이 한 번
찰
랑
일 때 바다를 가늠했다

실 같은 결 따라 흐르는 시간과
그사이 그려진 느린 음악

너의 발이 모래사장에 푹푹 꺼질 때
같이 빨려 들어가는 나의 시선

바람이 훅
하고 불자 너는 사라졌다

잘못 밟은 조개껍데기들의 일어섬과
무너진 모래성들의 축축함
내 몸의 일부가 바다의 전부이기를 바랐다

차가운 바닷물이 나의 옷을 어루만지고
가까워지는 해와 나의 거리

이윽고 아무 소리도 들리지 않았다
내 인생에서 가장 무거운 몸무게였다

많은 바닷물이 내 입을 싱겁게 해주기를
나의 눈이 바다의 몸부림을 알아주기를

그렇게 바랐으나,
나는 그대로 가라앉았다.

답장 없는
연락

오늘도 아무 생각 없이 하루를 보내다

책을 넘기는 소리에 잠깐
지나가는 바람에 문득
귀에서 굴러다니는 빗소리에 조금
당신 생각을 했습니다

말은 안 해도 당신은 사실 잘 지내고 있겠지요
저는 사실 아주 못 지낸답니다
당신 때문이 아니라 내 기억들 때문에

먼지

그냥 조금 무뎌진 척 창가에 기댔다

겨울바람이 뺨을 쓸고
내 발끝에 머무는 찬기

나는 네게 창틀에 낀 먼지였을까

손으로 만지면 닦아내야 할,
지워져야 할 존재로 그렇게 남은 걸 보면.

스트라이프 셔츠

횡단보도처럼 번갈아 존재하는 우리

의도치 않게 서로의 향을 공유하며
나란히, 그리고 멀리

셔츠의 무한한 선을 향해가고 있는지도 모른다

두근거림을 펄럭이며
가장 따뜻한 날에 날아갈 듯 가볍게 마르며

키스

난 눈을 감고 너의 얼굴 지도를 따라간다

손가락이 평지같은 이마를 지나가고
볼록 튀어나온 산 같은 코를 내려오다가

툭
하고 추락한 순간

부드러운 입술이 살에 닿는다
입술은 왜 다른 곳보다 따뜻할까

끝내 난 다음 말을 잇지 못했다

짝사랑
주의자

나의 뒤를 조심스럽게 따라와 줘요
처음 잡았던 그 손처럼
그 감촉을 잊지 않고 지금도

날 믿지 않는 당신을 사랑하는 게 쉬웠을까요
당신에게조차 들키지 않으려 한 내 사랑이
아름다웠을까요

이제 아픔도 사랑도 아무것도 모르겠어요
당신이 내게 너무 가까이 와버려서

나는 자꾸 뒷걸음질을 치게 돼요
마음은 하나도 안 그런데

비가
오던 날에

비를 따라 서성이던 우리의 발소리
서로를 보며 따라 하던 웃는 얼굴
날씨가 추운 줄도 모르고 떨기만 했던 몸

방 안 가장 안쪽 자리에서
공활한 그 거리에 놓였던 마음을 떠올린다

네 우산에 빗물이 뚝뚝 떨어질 때마다
내 발아래 물들이 밟혀 울어댔던 날

행복하려고 만났던 만남의 의미는
우산에 기대어 점차 잊고 있었을지도
난 너를 사랑하지 않으면서 사랑했을지도

사실 조금 의심했던 거였다
불안하지만, 결코 거짓되지 않았던 내 진심을

사실 조금 기대했던 거였다
분위기에 취한 척 내 진심을 네게
전할 수 있을 거라고

그리움

다시 보기로 약속한 그곳에 별이 없다
너도 이곳 어딘가에서 헤매고 있을까
나뭇가지 그림자 사이사이로 빽빽한 어둠들

우린 발자국이 참 닮았어
바람이 불면 빨리 사라지는 것까지도

네게 포갠 마음들은 하나같이 빛을 잃어가고
너의 산책이 간절해지는 밤

나는 아직 여기에 서 있다
잔뜩 언 손으로 하늘을 더듬으며

단지

글을 못 쓰는 사람이 있었다
그는 매년 내게 손편지를 써줬다

자신이 가장 좋아하는 노래의 가사를
한 글자씩 정성껏 눌러쓴 모습

가사에 담긴 너와 나는 이미 너와 나였으므로
함께 보낸 사계절을 회상하기에 더욱더 좋았다

어떻게 서로에게 이렇게 오래 빠져들었을까 하다
네가 좋은 사람이란 걸
증명할 수 있는 사실이 떠올랐다

너에게만은 후회라는 두 글자가
내 입에서 나오지 않았다는 것.

단지 이거 하나였다

대각선

구부러진 옷걸이처럼
내가 바라본 세상의 시선은 대각선이었다

저울인 듯 한 쪽 눈으로만 울 때
놀이터 시소의 기울기는 내게 남은 시간이었고
숨을 듯 휘어진 나의 발가락은 자존감의 깊이였다

나는 왜 우울을 아아ㄹ이라 봤을까

사실 내 구두 굽 한쪽이 부러졌을 뿐
모든 것은 그대로였는데.

세안

거울 속에 비친 나의 속엣말들
얼굴을 물속에 집어넣고 마구 휘젓는 손

나는 매일 그날의 나를 지우려 애썼다
과거의 내가 된다고 내가 아닌 건 아니잖아

그 못된 변명과 미움의 연속 속에서
물웅덩이는 나를 보고 감탄했다

O,O,O,o...

당신을
힘들게 할 사람

지금 당장은 우리 무너지겠죠
그래도 무너져야만 해요

사랑은 모든 것의 이유가 되어주기엔
몸의 개수가 너무 부족하고
얕게 변하기 쉽거든요

끝을 보고 시작하면 어떤 것도 할 수도
될 수도 없다는 걸 잘 알지만
저는 자신이 없어요

그러니 이런 비겁한 저를 버리세요
그리고 아주 빨리 행복해지세요
제가 다가갈 엄두조차 못 내도록요

걱정

우리 앞에 무너질 것들은 내버려 두자
걱정을 덧붙일수록 더 단단해지기만 할 테니

무너질 것 중
가벼운 것들조차 두려워하는 사람의 몸무게는
진실되지 못하다

걱정의 kg을 포함하지 않은 무게일 테니

소화

몸에 나쁜 음식은 그리도 안 먹으려 애쓰면서
몸이 나빠지는 감정들은 왜 꾸준히 먹는 걸까

나에 대한 집착과 비난 속
소화할 수 없는 것들

그것들을 검은색으로 정의 내리기엔
너무 오색찬란한 낙서들이라서

속이 울렁인다.

외계인

너는

별의 이름을 알아와서
받아쓰기를 가르쳐줬고

별의 빛남을 가져와서
수 세는 법을 가르쳐줬고

별의 모양을 기억해와서
그림 그리는 법을 가르쳐줬다

나는 너의 이름도 모른 채 그것을 다 배웠다
너는 눈을 감지 않았고 나는 너의 눈을 가렸다

별 하나 없는 하늘 아래서
너는 밤이 들었고 나는 너를 자꾸 세었다

눈 코 입이 하나씩

손가락은 다섯 개씩 한 쌍

머리카락은....

아,
잠들었다

추억

가로등을 눈으로 밟으며 걷는 날
콧잔등에 겨울이 가득 차고
목도리를 둘러주던 너의 손길이 떠오른다

내 어깨 위 자꾸 흘러내리던 별
너는 어떻게 그 별들을 다 털어주었을까

문득 네가 내 눈에서 반짝일 때
주워 담을 수 없는 말들이
날 흔들리게 함을 인지했다

권태기

밤마다 우린 그걸 사랑이라고 믿어야 했다

먼저 말을 꺼내기엔
너의 목소리는 너무 무겁고
나의 어투는 너무 느려서

삐졌을
때

거울을 보지 않는 이상
난 내 표정 하나도 다 알지 못했다

근데도
너의 표정을 읽고 눈치껏 행동하고
네 얼굴의 선들이 조금씩 펴져 간다는 걸
나는 어떻게 알게 되었을까

나는 널 어떻게 미소 짓게 했을까

그때는 가장 잘 알았어도
지금은 가장 잘 모르겠다.

관계

우리는

맞지 않는 신발을 구겨 신고
까진 밴드를 억지로 다시 붙이며
매번 불안정했다

그 불안정 속 안정을 찾는 사람은
더 좋아한 쪽

나

하나밖에 없었지만
내가 받은 건 사랑이 아니라 무뎌짐이었다

오래
만나다 보면

오래 만나다 보면
더욱이나 하지 말아야 할 것들이 생기곤 한다

그중 하나가 거짓말.
거짓말에 색은 없는데 색까지 입힌 거짓말.

거짓말을 당하는 쪽은 눈치 준 적도 없는데
거짓말을 하는 쪽은 항상 눈치를 보고 그런다
거짓말을 하는 쪽은 미래를 염려해서 그런다

근데 그거 다 하는 쪽 입장인 거잖아
당하는 쪽은 사실을 알고 싶어 해
당하는 쪽은 네가 하는 말들은 다 믿고 싶어 해

오래 만나다 보면
더욱이나 모른 척 넘어가야 할 것들이
생기곤 한다
슬프게.

진실의
진실

눈으로 보이지 않는 것들은 사실
눈에 보이지 않는 것이 아니다

보지 않는 것이다

그 얕은 의지는
누군가의 시간과 아픔을 무시하기 쉽고
눈물이 가슴에 응고되는 동안 외면하기도 쉽다

나는 그 사람에게 아무것도 아닌 존재라서
그 사람은 나 없이도 행복한 거다

이 사실을 인정하기까진 참 오래 걸리지만.

끝없는
엔딩

우리 이렇게 끝내도 과연 해피엔딩이 맞을까

현실은 엔딩을 맞이했지만
해가 뜬 날 아무렇지 않게 비가 내릴 때도 있어서
애매하게 기뻐하는 내가 나를 잃어간다

내 앞에 놓인 행운들을 바쁘게 주워가다
돌에 걸려 넘어지면 어떡하지
그게 또 너이면 어떡하지

나는 기어코 넘어진다
잔디 냄새가 온몸에 밴다
흰옷이 초록빛으로 물든다

그렇다,
난 널 지울 수가 없다.

반짝이별

반짝이 별: 반짝이가 붙어있는 별

반짝 이별: 빠르고 갑작스러운 이별

반쪽 이별: 한쪽만 마음을 완전히 정리한 이별

기다림

비가 온다면 그 자리에서 기다려줘
우산에 햇볕을 담아 접어갈게

너를 만나기 전까지는 나도 그 비를 다 맞으며
떨겠지

그래도 손을 뻗어줘
먹구름을 헤쳐나갈 용기가 생기도록

네 손 틈 사이사이를 빗물이 건널 때쯤
내가 도착할 테니까
우리의 신호가 딱 맞을 테니까.

이별
당일

아쉽게 됐다고 네가
그 입으로 그러더라 네가

뭐가 아쉬운데 내가
하나도 안 아쉬운데 나는

굳어진 석고가 한순간에 깨지는 찰나의 순간처럼
우리 사이의 공기는 적막감부터 남달랐다

먼지가 맴도는 소리조차 들리지 않을 만큼
끝이 뾰족한 너의 앞머리와 눈썹이
오늘따라 더 서늘하게 느껴졌다

네 목에서 구겨진 채 나풀대는 와이셔츠처럼
내가 한없이 처량하고 구질구질하게 느껴졌다.

이상하게

우린 행복할 수 없는 운명을 타고난 걸까

너의 아픔에 대해 궁금해지려는 찰나
나의 아픔이 항상 먼저 보였다

마치 우린 어젯밤 아무 꿈도 꾸지 않고
잘 자고 일어난 사람들인 척을 했다

눈물 한 방울 흘리지 않고 놓아준 손
그 손가락 사이사이를 지나다니던 바람결

매일 새벽 만난 적 없기로 한 네가 떠오른다
문득 베개가 휴지가 되기를 바라본다
내 눈물을 감춰줄 수 있을까봐

연락

누군가의 안부를 묻는다는 건
계절이 바뀔 때 드는 미묘한 감정과 같다

그래서 늘 걱정을 가져온다

너는 봄인데
나는 아직 혼자 겨울일까봐

카메라

뿌연 카메라 앵글처럼
너의 기억 속 형태로만 남고 싶었다
선명히 보면 미안한 일들만 많아서

바뀔 새 필름의 색깔조차 모르지만
네게 꼭 어울리기를
나는 널 확대하는 버릇을 고치기를

카메라를 닦는다
앵글 속
내 눈 속
너

아직 웃고 있다
나도 모르게 누른 셔터
내 얼굴이 찍혔다, 파랗게.

환영

무심코 지나온 길에 너와 자주 마주치던
버스 정류장이
무심코 지나온 길에 너와 웃으며 얘기 나누던
카페가
무심코 지나온 길에 너를 빤히 보며 기다리던
신호등이

무심코 그렇게 지나왔다

그때 검게 드리우는 하얀 눈 속 그림자 하나

내 앞에
지금

멈춰 서있는 넌 뭘까

종이
막대기 사탕

사탕을 계속 먹으면 단 줄 모르더라
나도 그랬나봐

네가 나를 좋아하지 않는 줄도 모르고
막대기가 다까질 때까지
사탕만 먹고 있더라

이제는 녹은 종이만이
내 입술에 엉겨 붙는다

후유증

해가 진 밤은 고요했고
내게 건넨 네 말은 차가웠다

날아와서 가슴에 꽂힌 그 말이
그 밤, 날 아프게 했다

밤을 새우다 보니
내 손은

너의 말을 되새기며
너의 말을 계속 쓰고 있었다

겨울
다음 가을

못된 말 우수수 떨어뜨리고
버스 지나간 자리를 너는 바람과 맴돈다

후회라는 두 글자가 붉게 물들면
그제야 지나간 빨간 버스를 붙잡으려
네 속에 있던 나뭇가지를 뻗는다

내가 탄 버스 창문에 생채기를 낸다
때늦은 줄 모르고

회상

내겐
오늘을 보낼 노래 한 곡과
시집 한 권만 있으면 됐다

연속 재생될 동안 잠시 가사가 잊히고
시의 글자들이 하는 말에 귀 기울이면
구슬픈 멜로디에 글 내용은 모두 센티해진다

어느덧 해가 저물 때
책갈피의 쓰임새에 대해 생각하는
딱 그 정도까지가 내 일상

가끔은
시선을 돌려 보이는 두 겹의 유리창처럼
너의 안부와 나의 안부를 겹쳐보기도 한다

그러면서 눈을 잠깐 감아 햇살의
온도에 대해 느낀다
빨간 꽃들의 흐드러짐 속 짙은 향기를 맡는다

무한한 질문거리처럼
너의 짧은 답장은 아직도 내게 와닿지 않고.

흐느낌

불을 끄자 아무것도 보이지 않았다

원래부터 아무것도 없던 천장인데
어쭙잖게 괜스레 더 아무것도 보이지 않는듯했다

난 소리 없이 울었다
흘러가는 빗소리에 들리지조차 않게

네게 들키지 않고 지켜냈던 내 마음처럼
커지는 감정을 더 세게 막았다

새벽을 얼룩졌다
나 하나가.

2_

그냥 가끔은,
많이 투명해지자.

행복1

행복에 목매며 살아왔는데
그렇지 않아도 괜찮더라

나를 조금 포기하면서까지 살아도
행복은 그런 것까진 몰라줘서

그냥 가끔 얕은 미소 지으면 좋은 하루여서
내 일기장 속 불행들이 문득 부끄러워졌다

연필은 연필깎이 속으로 숨어버리고
지우개만이 바쁘게 움직이는 밤.

*

행복해지면 되지만 행복해야만 하는 건 아니야.

앨범

몰랐다

추억들이 떠돌아다닐 우주가 내게 있다는 걸
몸은 컸어도 기억할 힘은 그때보다 크다는 걸

나는 그곳들의 이름을 별에 붙여주었다
평생 머물러도 될 정거장을 하나 가진 기분

가끔 힘들 때 울지 말고 도망가려고
제2의 내 집, 별나라로.

가장해주고 싶던 말

난 누굴 위로할 만큼
마음이 넉넉하지 못한 사람이다

그렇다고 위로받는 것을
좋아하는 사람도 아니다

그저 누구나 주어진 삶을 사는 것일 뿐인데
각자 다른 모습인 게 짠하면서도 멋있을 뿐

그래서 자신의 삶을 너무 미워하지 않았으면 한다
다시 태어나도 이 삶을 살 만큼 가치 있으니까

당신도, 당신의 삶도.

행복2

어릴 적 쥐여주던 모든 것들은
온기 없이도 따뜻했고
어리석은 것들은 부모를 웃겼다

집안 어디선가 굴러다니는 동전처럼
행복은
우리 주변에서 조금씩 빛나고는 있는데
숨어있어서

그래서 찾기 힘들었던 거다
없는 게 아니라

빨래

옷이 마르는 동안 모든 건 멈춰있었다

펄럭임을 응시하는 물건들의 먼지까지
숨죽인 채 날아다니지 않았다

유난히 맑은 날
세탁한 구름이 향기를 내뿜으며 지나갔다

순간 코가 찡
하자

머릿속도 핑
돌았다

오늘의 걱정들을 탈탈 털고 나니
재채기한 척 덜어낼 수 있었다.

이제 다시 편안한 마음으로
마른하늘을 올려다보았다

아까보다 더 파랬다
누가 파란색 물감을 쏟고 도망친 것처럼

기죽지 않기

그들을 따라잡기 위해서가 아닌
그들을 따라가기 위해서

남들보다 느린 내가
남들보다 느린 걸음으로
가보려 한다

봄기운

넘어진 봄을 겨울이 잡고 일으킨 채
흙을 털고는 차갑게 굳은 것들에 온기를 준다

아침에만 기지개를 켜던 햇살도
곧잘 살아있고
피우기를 기다리는 기대감에서 벗어난 꽃들이
몰래 꽃을 피운다
요즘 따라 창문 앞에서 서성이는 큰 구름은
건물을 낚시질하고 있다

아직 명확히 봄이 오지 못한 까닭은
작지만 아름다운 것들이 어디선가
일어서고 있기 때문이다

마치 당신의 시작을 응원하듯이
함께 애쓰고 있기 때문이다

일출

끝을 담담히 받아들인 사람은
소리 없이 온 시작과도 함께 떠밀려갈 줄 안다

누구에게나 미래는 뿌연 먹구름이기에
두려움을 그린 다음 빨간색으로 덮어버린다

그렇게 그려진 하나의 원 속에서
우리는 발버둥 치고 좌절하며 기쁨을 맛본다

그리고 행복을 되찾는다

하고
싶은 일

일은 나를 잡아주지 않는다
내가 일을 잡아야 하는 거지

하고 싶은 일은 더 잡기 힘들다
별똥별 떨어지듯
잠깐 뻔쩍이고 사라져버리니까
나는 그 잠깐 날 힘을 가지는 거고

날 수 있으면 날자
후회하지 말고.

수채화

세상은 가만히 있었다
수채화 같은 사람들만 번져갔을 뿐

그들은 마음껏 울고 웃었다

또 마음껏 힘들어하다 하루를 마치면
쉼을 주저하지 않았고
그랬기에 주저앉지 않았다

그 사람들에겐
잠깐 떴다 지는 해와 같은 나약함도
바람에 떠밀려가는 구름과 같은 가벼움도 없었다

펜을 들고 스케치하는 것부터
붓을 들고 채색하는 것
자연스레 말리는 것까지

그 모든 것들이 그 사람들의 일생이었기에
점 하나라도 찍히면
남의 작품이 되는 섬세함을 가졌기에

자신의 삶에 대한 확신 속
책임감이 무너지지 않고 굳을 수 있었던 거였다

병원의
매일

너의 온몸이 뜨거워질 동안
나의 눈물도 뜨거워진다

아프지 마라
마음대로 할 수 있다면 얼마나 좋을까

아프지 마라
이 한마디면 될 것을

아픈 사람은 아픈 줄 모르고 아프고
간호하는 사람은 아픈 줄 알고 아프다

억지로 먹은 약처럼 쓰고
열렸다 닫히는 병실 문처럼 반복되는

치유되기를 비는 사람들의 밤
슬픈 꿈을 꾼 척 우는 맘

이제 그만 자자
우리

같이
울자

힘이 들지만, 말을 못 하는 사람의
장점은 웃기고
특기는 조용히 울기다

어젯밤 네가 그랬던 것처럼
나도

무지개처럼

촉촉하게 젖은
어린 잎사귀가 할 수 있는 것은

그 비를 맞는 일 밖에는 없지만
흠뻑 젖는 기분 또한 너밖에 느낄 수 없겠지

다시 햇살이 너를 찾아오면
그때는 내가 너의 그늘이 되어줄게

이렇게 머물렀다 갈게

행운

잠시 머물렀다 가는 행운처럼
눈물도 그런 거라서
그냥 네가 울었으면 좋겠다

몇 개의 눈들은 땅에 정착해
눈꽃 송이를 피우지만
그래봤자 아름다운 건 너라서

나는 네가 바람에 떠돌아다녀도
눈물 닦아줄 수 있어서

새하얀 네가 까매져도
난 변함없이 가까이 다가설 거라서

말해주고 싶었다
진심이라고,
다.

말

여태껏 살아오느라 얼마나 힘들었을까

누군가에게 '할 수 있어.'라는 말만 들으며
정작 그렇게도 듣고 싶던 '괜찮아.'라는 말은
듣지도 못하고 네가 남에게 해주고만 있었겠지

그래서 내가 말해주려고

"괜찮아. 지금껏 잘 살아왔어."
"이제는 좀 쉬어도 돼."
"너는 네 나름대로 열심히 산 거잖아."
"아무 잘못 없어. 그러니 자책하지 마."
"지금도 충분히 잘 해내고 있어. 걱정하지 마."
"부디 아파하지 마."

우주 쓰레기

애써 괜찮은 척하는 네 불안한 눈동자를 알기에
숨기지 않았으면 좋겠다

난 네가 힘든 건 싫은데 그게 잘 안되니까
세상의 불운이 당연히 존재하듯
네게 당연한 존재가 되어보려고 노력할 거니까

걱정하지 말고 그냥 떠돌았으면 좋겠다.

빛남의
때

바다는 넓은 땅을 품고 산다
어디서 흘러온 지도 모를 작은 조약돌까지

반짝이는 파도가 바다에 빛나면
그때,

그때만 예쁘다 한다
바다는 그때가 아니어도 항상 빛났는데

정차

가끔은 힘들어도 괜찮다
한 정류장에 오래 머물러도 괜찮다

나를 좋아해 주는 사람들은
내가 특별하지 않아도 나를 좋아해 주니까

그 힘으로 나는 다시
힘듦이란 정류장에서 벗어날 수 있으니까

선물

두려움을 짊어지고 살지 말자
갓 받은 선물처럼 안에 뭐가 있을지
기분 좋은 궁금함을 가지고 살아가자

억지로 크게 부풀려 포장하지만 않으면
어차피 내 인생은 무너져봤자
내가 책임질 수 있을 만큼만 무너질 테니까

당신의 밤도

밤 경치가 자꾸만 말을 걸어서

오늘 밤도 난
누구도 미워하지 않으며 하루를 마칠 수 있었다

아름다운 말로 가득 채운 시 한 편만 써두고는

달의 반짝임을 눈에다 담으며
바람의 인사에 손 맞잡으며

소중해서

어느 날 밤이 내게 말했다

내가 깜깜한 어둠만 가지고 있고
별 하나 없고
달 하나 없으면
어떡할래?

나는 말했다

기다려야지, 뭐.

빛이
없어도

오늘도 새벽 터널
그 어디쯤 헤매고 있을 너에게

"이제 몇 미터 안 남았어,
 빨리 나와."

이 말 한마디면 됐다
그 사람의 마음과 연결된 발을 움직이기에

죽은
별

밤만 되면 까만 밤하늘을 이리저리 뛰어다닌다
그러다 별끼리 부딪치면 별똥별이 되어 떨어진다

떨어진 그 자리엔 모든 소망을 이루고 잠이 든
텅 빈 별들이 쌓여있다

참 고마웠다

누군가를 위해서 자신의 삶을 포기한 채
살아준다는 것 자체가

눈부심의
주체

앞만 보고 세상을 달려가다 보면
해가 언제 저무는지도 모르는 하루가 반복된다

그 반복 속에서
갈 수 없이 먼 야경을 부러워하기도

수많은 가게의 간판과 달리
내 이름을 잃은 채 살아가기도 하지만

그래봤자 세상은 당신보다 눈부시지 않다

도전

눈부신 법을 아는 사람은
모든 것에 자신의 탓을 하지 않고
나를 가장 아끼는 방법이 무엇인지 알며
발전 없는 내 모습을 지켜보고만 있지 않는다

몫

우리 불공평하게 나눠요
그대가 행복을 다 가져요
내가 슬픔을 다 가져갈게요

이제 진짜 행복해야 해요
왜냐면 앞으로 내가 진짜 불행할 거거든요

어느 날 그대가 행복하단 소식을 듣게 된다면
나는 불행한데 행복할 거예요

부디 그대 덕분에
불행한데 행복하게 살 수 있게 해주세요

그게 내가 그대에게 받을 수 있는
유일한 마지막 몫일 테니까요

모래알

생각보다 아주 어려웠고 많이 아팠다

너란 바다의 크기를 가늠하지 못할 만큼
이리저리 치이며 그렇게 나는 달려왔나 보다

쉼 없이 뾰족한 곳을 깎으며 나를
차츰 낮춰갈 때쯤
뜨거운 햇살이 내게 몸서리치며 다가왔다

아득한 여름날이었다

비도,
사람도

언젠가는 그칠 줄 알았다

아까는 그렇게 울더니
지금은 다시 너를 보여주는구나

때론 울더라도 너로 돌아와 줘서 고마워
나는.

먹구름

시간이 흐르듯
하늘도 흘러가는 거야

구름을 쥐어짜서
앞으로 얼마 동안 일지 모르는
눈물을 참아내야 하니까

그렇게 계속 흘리는 거야
다시 햇볕 쬘 삶을 위해서

눈물의
온도

눈물은 모아두지 말아야 한다
오늘 흘릴 눈물을 다음에 흘리면
다 식어버리니까

다시 데우고자 하면
그때의 감정을 다 잊어버리니까

습관

너는 행복할 때 울었다
그래서 안타까웠다

이젠 울며 행복해하지 않는 너를
다행이라고 여긴다

행복은 감격스러움이란 감정보단
단순히 기쁨이라는 감정이란 것을
깨달은 것 같아서

여행

눈치 없는 바람은 꽃잎을 다 떨궜다

하지만 꽃잎이 말하길
바람이 아니면 자기가 언제 날아보겠냐고 했다

그랬다

꽃잎도 가끔은
한 그루 나무에 달린 꽃이기보다는
바람이 날린 비행기가 되어 떠나고 싶은 거였다

어딜지 모르는 어딘가로.

위로

말하지 못하겠으면 말하지 말아요
내가 다 알아줄게요

괜히 힘든데 억지로 웃지 말아요
내가 웃어줄 테니, 그냥 울어요

휴일

흐린 날에는 따분한 일상에 쉼을 쓴다
오늘은 어땠는지
내일은 어떨지

마냥 행복할 순 없지만
때때로는 행복해야 나도 살 것 같았다

오늘의 나는 잠시 전원을 꺼두기로 했다
내일의 푸른 세상과 햇살의
행복을 만끽하기 위해서

긍정적인
사람

행복할 때 불행한 것보다
불행할 때 행복한 게 나아서

별일 없는 일상에서도
불현듯 찾아온 불행에도 난
웃어준다

우는
법

너는 아파도 울지 않는 법을 배우기 전
한 번이라도 웃었어야 했다

나는 무엇이 되어야 할까 하다
먼저 울어주었다

그러자 그림자가 하나로 포개어졌고
서로의 어깨가 축축하게 젖어 들었다

너에게 고마운 밤이었다

야경

말없이 주저앉아 우는 너를 보니

아름답게 빛나는 저 야경도
다 쓸모없다는 생각이 들어

결국 너처럼 외로운 사람을
지켜주지 못하는 걸 보니

그래서 내가 널 지켜줘 보려고

3_

없어지지만
않으면, 되잖아.

싸움

하필이면 난 지킬 게 많게 태어났고
하필이면 난 벌어야 할 게 많게 태어났다

하루에 세 끼 먹는 밥보다도 눈물을 많이 먹었으며
매일같이 눈물 고인 눈을 가지고 살듯 앞이 흐렸다

나는 항상 내 꿈을 소개하는데
내 꿈은 나를 소개하지 않고
혼자만 살겠다고 내게서 도망쳐 갔다

가장 억울했던 건
내 꿈은 나 혼자 이룰 수 없다는 것

그게 나를 자꾸 무릎 꿇렸다
내가 나한테 자꾸 지게 했다

우습게.

열등감

너에겐 그저 그런 하루가
누군가에겐 노력해서 얻어내야 하는 하루라서
함부로 불행하다고 말하지 않았으면 한다

난 너를 미워하고 싶지 않으니
언제나 그래왔던 것처럼 내 탓만 하고 싶으니

산책

위로받고 싶은 날엔
음악을 들었고
내게 썼던 손편지를 꺼내 읽었고

그래도 안 되면 밖으로 나갔다
찬 공기와 내 숨을 나눠 가졌다

몸에 있던 액체들이 모두 모이는 눈
빨갰다 매워지는 코
피가 나지 않을 만큼만 깨문 입

속은 밤하늘보다 깊은 어둠 색인데
내 눈에서 흐르는 물은 전부 투명했다

더 눈물이 났다
내 몸이 자꾸 거짓말을 해서

빛과 어둠
그 사이에서

그냥 가끔은 많이 투명해지자
없어지지만 않으면 되잖아

새드
엔딩

큰 나무가 되고 싶었다
모든 사람을 안고 무럭무럭 자라는.

근데 모든 사람을 안아버려서인지
내게 물을 주는 사람은 단 한 명도 없었다

그렇게 자신보다 남을 챙기던 그 나무는
행복만 가득 안고 죽었다

울고
싶다

울지 않고 웃는 나는
울음을 참으려 노력하고 있는 거다

울면서 웃는 나는
오랫동안 쌓았던 눈물을 쏟아낸 거다

그저 속으로 우는 나는
아직도 그 슬픔을 감추고 싶은 거다

과로

시간은 아침을 재우고
소리 없던 것들이 밝아지는 밤

어제의 피로에 더 무거운 짐을 쌓는 빚 수집가들
그들의 발 아랜 어떤 미래가 깔려 있을까

눈을 붙여도 모든 게 달아나지 않는 단건 알지만
그래도

조금 더 길고 깊게 들이마신 숨들만 내뱉을 뿐이다

그게 내가 버티는 법이자
우리가 살아가는 법이라서.

내가 아닌
내가 되는 이야기

네모인척하는 동그라미가 있었다
네모들 사이에서 동그라미는 달랐다

어느날 동그라미는 네모가 되고 싶었다
동그라미는 매일 구르던 그곳에서 뼈를 깎았다

거울에 비친 자신의 모습은 네모였다
동그라미는 그런 자신을 보면서 울며 웃었다

발레리나

까만 펜 뚜껑이 널브러져 있다
책상에 버려진 나같이
까만 잉크 같은 눈물도 흘릴까

밤이 되면
어둠이 까만지 뚜껑이 까만지 겨룰까

흰 부분 한 곳 없이 어떤 슬픔에 빠진 걸까
뚜껑이 구르기 시작한다

책상 아래로 굴러떨어지는 펜의 춤 선
발레복을 입고 무대에 선 발레리나 같다
눈물을 흘리지 않고 슬픔을 연기하는

발레리나.

거짓말

우리는 거짓말을 사랑하고 있다

울어도 안 운 척
아파도 아프지 않은 척
힘들어도 괜찮은 척하면서

십 대의
꿈

사실 나는 경쟁하고 싶던 적이 없었다

같은 꿈을 가진 저마다의 사람들이
빛나도록
마음껏 펼칠 수 있도록
내버려 두고 싶었을 뿐

그래서 때론 양보하고 싶었다
나보다 더 많은 것을 얻어 갈지라도
아무도 내 재능을 몰라줄지라도

내 재능은 나만 알아주면 되니까
내게서 인정받지 못한 재능이야말로
무 쓸모일 테니까

근데 그게 아니었다
아니,
세상이 그게 아니게 만들었다

나이

누가 몇 살이냐고 물어보면
그냥

나이가 없는 거로 하려고
모른다고 하려고

나이가 나를 판단하기엔
아직 내 앞길이 너무 창창한 것 같은데

자꾸 기가 죽어서
괜히 잘할 일을 시작도 못 해봐서

그게 제일 바보 같은 일인데.

책

내 삶은 책이 아니다

고유한 상태 그대로를 유지하지도 않고
다른 이들에 의해 멋대로 덮어지거나
펼쳐지지 않으니까

딱딱한 인쇄 글씨도
내 자유로운 필기체는 막을 수 없듯이

마지막 페이지가 있는 책과 달리
내 삶은 내가 쓰는 곳까지가 끝이고
엔딩도 내가 정하니까

난 내가 하고 싶은 거 다 하고 살 거니까

물웅덩이

뿌연 하늘
투명한 물

살짝 건드렸을 뿐인데
곧바로 울음을 터뜨리는 물

투명한 내가 흔들린다
나를 껴안고 우는 우산

비는 한참 동안 슬픈 이야기를 들려줬다

다른 것들은 투명한데
나는 불투명했다

물

나는 뚝뚝 떨어지는 물기처럼 우울하고
고여서 내려가지 못한 물처럼 까맣게 얼룩졌다

시간은 나를 말리는 것밖에는 할 수 없었고
나의 모든 말들은
수증기로 사라지기 위해 태어났다

혼자 견뎌내야 할 것들은 고일 줄만 알았고
쏟아지기 위해 가지고 있는 꼬인 머릿속과
갈수록 추락해 가는 발등 위 눈물들

죽지 않고 사는 것만으로도 난 맑다
그냥 그렇게 생각하기로.

아픔

햇살이 내리쬐는 곳마다 구름은 아팠다

잔뜩 하얘져서는 더 하얗게 새하얗게
살갗이 들떠서 가볍게 날았다

가끔은 못 참고 울었다

그때면 하늘이 가려줘서 표정은 보이지 않았다
눈물에 숨을 매달아 떨어지기만 했을 뿐

학교

딱딱한 바닥
딱딱한 책상
딱딱한 의자

그 속에서 부드러운 것은
우리의 살갗,
옷가지뿐.

불행

순간의 한계치에서 허우적대다
일찍이
비가 오지 않아도 우산을 쓸 줄 알게 되었다

모두가 잠든 밤에
삶의 힘겨움에 대해 빗물과 속삭이기도 했다

커튼엔 어제가 자꾸 아른거리고
난 지금 듣고 있는 이 노래의 끝이
내일이라 생각했다

불행할 때 듣는 행복한 노래의 가사
멋대로 바꿀 수 있었다

밤이면 덮이는 어둠처럼 아픈데
당연한 거였기에

욕심

내가 싫고 자신감 없는 걸 내색하고 싶지 않더라

나로 인해 다른 사람도 우울해지는 건 싫거든
남에게는 밝은 사람으로 보이고 싶거든

근데 이것도 다 내 욕심일 뿐인 걸까

스트레스

아프면 상처가 많은 거래
별거 아닌 말에도 아프면

근데 내가 그래

날 위로하는 말들
날 위해 해주는 조언의 말들
요즘엔 그게 다 아프더라

주삿바늘처럼 꾹 찌르고
눈이 말도 없이 붉어지고 그러더라

슬프다고

나도 다 아는데
나 슬픈 거.

괴로움

목놓아 우는 탓에 갈라진 빗소리
구름의 긴 침묵 속에서 지나다니는 시간
달은 자취를 감추고 바람은 몸을 불사 지르는 밤

나는 그곳에서 잠들었다
가끔 미래를 생각하며

하루살이

왜 이토록 치열해야 하며
왜 그렇게 아무 의문도 없이 살아왔을까

삶에 지칠 때쯤이면 잠깐 쉬어갈 뿐

인간은 끊임없는 나날을 살아가다
죽음을 맞이한다

마치 하루살이의 수명이 연장된 게
인간이 아닐까 싶을 정도로 잔혹하게

두려움

오늘도 난 원치 않는 상처를 받았고
그 자국을 쓰다듬으며 바라봤다

많이 아팠겠다고
내일이 오지 않았으면 좋겠다고

수없이 내게 던진 말들
깊게 움푹 파인 빈 곳은 채울 길이 없었다

눈물만 하염없이 흐를 뿐.

빗물

내 우산엔 항상 유독 빗물이 많이 묻어있었다

빗물도 많이 외로웠던 것처럼
빗물은 다 알았던 것처럼

내가 아주 오래 날 데리러 올 사람을 기다렸다는 걸
그럼에도 나를 데리러 올 사람 한 명이 없었다는 걸

우산에 있는 물기를 툭툭 털어도
내 마음은 그렇게 툭툭 안 털린다는 걸

다 알았나 보다
빗물은

자꾸 주룩주룩 흐르는 걸 보면.

음식물
찌꺼기

우리의 삶이 찌꺼기라면 소금보단 나은 것이다

수도꼭지 물을 틀면
망에 걸러지기도 전에 녹아버리는 소금과 달리
우리는 찌꺼기로 남기에

잠시

우리는 가끔 그만 살고 싶다고 생각한다

그럼에도 죽지 않고 또 다음날을 맞이하는 건
'잠시'였기 때문이다

그러니 죽지 말아라
내가 같이 살아줄 테니.

삶의
이유

삶이 힘들어도
놓을 수 없는 이유는
지켜야 할 게 있기 때문이야

나란 존재는 항상 누군가의 역할이었고
그게 이제는 익숙해져 버렸으니까.

비 갠 뒤
아스팔트

불안정한 곳에서 더욱 선명히 보이는 것이 있다

물의 진동을 느낄 때
물이 잔물결을 흔드는 소리가 들리고
건물이 부드럽게 헤엄치는 모습
가로등이 웨이브 하는 모습

잠시 나를 잊고 물인 척
그렇게 서 있을 수 있는 곳

아스팔트 도로 군데군데가 투명하다
흑백 카메라처럼 명확하다
일부러 고화질 설정을 해놓은 듯이

믿음

시작의 시작에는
모든 게 의문투성이였지만

시작의 끝에 가보니 이미 알아서
잘하고 있었던 거였다
나답게.

그리고 앞으로도 잘하면 된다
이렇게.

쉬운
것

쉬운 건 없었다

쉬운 것조차도 때론 틀리게 되니까
어떨 땐 어려운 게 쉬운 것보다 쉽기도 하니까
우리에게 상황이란 건 매번 랜덤이니까

선택할 수 없기에
어쩌면 우리는 더 강해지는 걸지도 모른다
새로운 것에 더 잘 부딪힐 수 있는 걸지도 모른다.

파라다이스

시작은 잔잔하게
그러다 끓어오르는 심장

보글보글 빨간 거품들
음계들처럼 둥둥 떠 있다

눈을 감으면 태양이 내리쬐는 바다 위
뜨거운 모래사장에 익고 있는 발
젤리처럼 늘어지는 맘

휴양지에 온 꿈이라고 하기엔
내 피부는 너무 까맣게 탔고
거품 문 파도의 생생한 일렁임

나는 지금
이름도 오래된 드라마 속 주인공이 되어
현실 속 비현실로 도피해 있는 중이다

꿈

꿈같았으면 그건 다 여행이더라

그래도 다행이다
다음날 잊힐 일은 없어서

몇 없는 행복한 기억 속에서
가장 선명하게 남아줘서

그곳의 분위기와 사람들을 떠올리면서
내 힘듦을 잠시나마 잊은 척할 수 있어서

가끔은 이렇게 꿈에 빠져 살려고
다시 가이드도 없는 내 삶을 여행하기 위해서

아침

미안해하지 않아도 되는 사람이 우는 날이면
아침이 더 빨리 온다

세상조차 그 사람을 위로해 주지 않으면
정말 그 사람이 잘못될 것 같아서

새벽 동안 한참 자신만을 미워했을 그 사람에게
따스한 햇볕 한 줌 쥐여주고는 와락 안아준다

아침 해가 뜰 때까지 버텨줘서
정말 고맙다고
정말 잘했다고

불화(不和)

미안하다는 말이 모두를 작게 만들었다

순간,
우리 가족 간의 침묵에
새조차 울부짖던 소리를 멈췄다

아무도 울지 않았다
아무 말도 하지 못하였다

불안감

모든 것이 내겐 불안이었다
창문 틈에서 녹고 있는 고드름까지도

불규칙하게 깨진 조각들이
쨍그랑 소리를 낼 때마다

심장이 조각조각 부서져서
내 몸의 피들이 왈칵 쏟아졌다

한(恨)

분노에 찬 눈물은 쉽게 떨어지지 않는다

지금 흘리는 눈물이 끝이 아닌 걸 알기에
내 삶을 다시 다잡고 살아가야 하기에

그 힘은 강해서
넘어져도 넘어진 줄 모르게 하고

그 의지는 강해서
피투성이가 된 무릎을 꼿꼿이 펴게 한다

그리고 삶 곳곳에 시커먼 흔적들을 남긴다
내 표정 곳곳에 숨긴 굳은 안면 근육처럼

돌아가는 길

그냥 가끔 슬퍼질 때가 있다
아무도 뭐라 안 했는데 울컥하는 날

그런 날엔 꼭 길거리 음악도 잔잔하고
해도 뜬 듯 만 듯 자취를 감춰서
내가 살아가야 함을 온전히 느끼지 못하는 날

방법을 몰라서 난 무작정 우울과 친구가 된 거겠지

떨어진 감정들을 차곡차곡 다시 쌓아본다

기쁨...

설렘...

행복...

(강)철
인간

딱 굳은살 같았다

하얗게 핀 흰머리로
누가 떼지 않으면 평생 그렇게 살아가야 할
어떤 것도 느끼지 못하는 무감각으로 살아가야 할
딱딱한 마음이 만든 차가운 사람으로 살아가야 할

이미 난
녹지 않을 만큼 얼었고
녹슬지 않을 만큼 더뎌서
고달픔에 대해 너무 일찍 알아버려서

비밀의
방

공유하지 않는 슬픔이 유독 세고
흐를듯한 눈물이 유독 뜨거운 건
네 가슴속을 누가 휘젓고 가서 그런 거다

인형도 아닌 인간은 그곳을 꿰매지도 못하고
닿지 않는 곳에 약을 바르지도 못하니까

기다리지도 않은 밤을 위로 삼아 꼭 끌어안고
그냥 혼자 어둡게 울 뿐이다

온 세상이 불이 다 꺼진 줄도 모르고
핏줄 속 피들이 여러 번 흔들리는 줄도 모르고

고뇌

느려지는 시간 속 나는 빨라진다
밤에도 잠을 자지 못하는 걱정거리들처럼

눈에 가로등을 하나씩 달고 눕는 잠자리
시계 소리가 머릿속에서 댕댕하고 울린다

내일 나는 어디로 가야 하는 걸까
오늘과 같으면 그건 안되는 거겠지

시간은 또 가고 생각할 시간조차 사치가 된다

아침에 일찍 일어나는 까닭은 알지만
그것이 의무인지 아닌지는 모르는
단순 반복적인 날들 속에서
바쁘게 달릴 때

문득 한 번씩 삶이 커피 같다고 생각한다

설탕을 넣든 샷 추가를 하든
마실 사람을 위해 태어난 존재들 같아서.

닮음비

떨어지는 것이 비의 인생이자 태어난 이유라면
나도 울기 위해 살겠다

한 번도 안 슬펐다가 한 번을 크게 슬퍼서
무슨 법칙을 정해놓은 듯 꼭 한꺼번에 몰려와서

아무리 커다랗게 두 손으로 끌어안아도
감당이 되지 않아서

비에게 떨어짐은 루저의 의미가 아니니까
나도 비가 되겠다

사람들이 내 슬픔을 다 알아가도록
현재를 미워하도록
함께 슬퍼하도록

짧은 편지

나의 가족부터
나의 친척들,
나의 친구들,
나의 독자분들,
또 작가분들,
작가를 꿈꾸는 이 세상에 모든 작가분,
나를 스쳐 갔던 내가 모르는 많은 사람까지

행복할 수 있기를 빕니다
모든 삶이 빛나는 그날까지 응원하겠습니다
항상 감사하고 사랑한다는 말 전합니다

마지막으로 이 책을 쓰기까지 도움을 주신
모든 분께도
진심으로 감사드립니다

삶을 쓰는 작가
03작가 김서희 올림

사실 오늘만 살아도 상관은 없지만
그러기엔 태어난 게 너무 아깝잖아.

그대가 꽃길이라
내가 꽃인 거예요

2022년 4월 18일 발행

지은이 03작가 김서희
디자인 포레스트 웨일
펴낸이 포레스트 웨일
펴낸곳 포레스트 웨일
출판등록 제2021 - 000014 호
주소 충남 아산시 아산로 103-17
전자우편 forestwhalepublish@naver.com

ISBN 979-11-975609-7-2